KB196211

너에게도 나에게도 세상은 불공평해

너에게도 나에게도 세상은 불공평해

초판 1쇄 인쇄 2025년 2월 5일
초판 1쇄 발행 2025년 2월 15일

글 이토 미쿠 그림 고로리요 옮김 고향옥
발행인 양원석 발행처 (주)알에이치코리아(등록 2004년 1월 15일 제2-3726호)
본부장 김문정 편집 박진희, 김하나, 정수연, 고한빈 디자인 조은영, 김민
해외저작권 안효주 마케팅 안병배, 박겨울, 김연서 제작 문태일, 안성현
주소 서울시 금천구 가산디지털2로 53, 20층(한라시그마밸리)
편집 문의 02-6443-8921 도서 문의 02-6443-8800 홈페이지 rhk.co.kr
블로그 blog.naver.com/randomhouse1 포스트 post.naver.com/junior_rhk
인스타그램 @junior_rhk 페이스북 facebook.com/rhk.co.kr

ISBN 978-89-255-7413-4 (73830)

ACCHI MO KOCCHI MO
KONOYO WA MORENAKU

너에게도 나에게도 세상은 불공평해

이토 미쿠 글
고로리요 그림
고향옥 옮김

주니어RHK

차례

1 불공평해

우유 두 컵을 벌컥벌컥 마신 뒤, 거실 구석으로 가 물구나무서기 기구에 거꾸로 매달렸다.

하나, 둘, 셋, 넷…… 스물.

작년부터 매일 아침 꾸준히 해 온 일이다.

"고타, 언제까지 매달려 있을 거야! 빨리 준비해. 안 그러면 지각이야!"

자연스레 잔소리를 곁들인 엄마의 재촉도 날마다 계속되고 있다.

"다 끝났어요."

운동 기구에서 내려와 곧장 욕실로 들어갔다.

거울 앞에 서서 앞머리를 위로 세웠다.

아빠가 쓰는 헤어 왁스를 조금 덜어 내 배운 대로 머리 뿌리부터 꼼꼼히 발랐다. 머리카락 끝에는 살짝 조금만 바르는 것이 요령이라나. 먼저 뒷머리를, 그러고 나서 정수리 머리를 세웠다. 마지막으로 헤어스프레이를 앞머리 뿌리에 한 번. 그리고 전체적으로 슈우욱…….

"고타!"

좋아, 완벽해!

"지금 가요."

식탁에는 아빠가 먼저 나와 앉아 있었다. 아빠는 "잘 먹었습니다." 하고 빈 그릇을 포개더니 나를 보고 씩 웃었다. 나는 못 본 척하며 시계를 보았다.

"아빠, 아직 일곱 시 사십 분밖에 안 됐어요."

"오늘은 아침 회의가 있어서 그래. 아, 그거 내가 챙길 테니까 그냥 둬. 땡큐!"

아빠는 개수대에 그릇을 갖다 놓고 익숙한 손놀림으로 도시락을 싸서 챙기고는 현관으로 가면서 인사했다.

"다녀오겠습니다."

"다녀와요."

엄마는 부엌에서 얼굴을 내밀며 아빠에게 인사하고는 나를 보자마자 풋 웃음을 터뜨렸다.

"얘가 참, 머리 꼴이 그게 뭐니?"

"치, 뭐가 어때서 그래요."

"그래. 어쨌든 아침부터 먹어, 얼른!"

"알았어요."

나는 다 식은 토스트에 딸기잼을 바르며 엄마에게 물었다.

"엄마, 체육복 다 말랐어요?"

"체육복?"

"오늘 입을 거라고 했잖아요."

"앗."

엄마는 허둥지둥 빨래 건조대로 달려가 체육복을 걷어 왔다.

"아직 덜 말랐네."

중얼거리며 다리미를 꺼내던 엄마는 흘끗 시계를 보고는 한마디 했다.

"좀 더 빨리 말했어야지."

어휴, 어제 말했잖아요. 속으로 투덜거리면서 딸기잼을 듬뿍 바른 토스트를 한입 베어 무는데, 등 뒤에서 엄마가 말을 걸었다.

"아 참! 오늘 신체검사하는 날 아니야?"

나는 "네."라고만 대답하고 햄에그를 입에 욱여넣었다.

그래서 체육복 입고 가겠다는 거잖아요!

"고타, 그러고 보니 작년에 비하면 꽤 큰 것 같다?"

어?

입안 가득 넣은 햄에그를 꿀꺽 삼키고 의자에 앉은 채 돌아보았다.

"정말요?"

그러자 엄마는 손을 펼쳐 턱에 갖다 대며 말했다.

"그래, 여기쯤 닿으니까."

에이, 뭐야…….

순간 들떴던 기분이 단 몇 초 만에 사그라졌다.

나는 여전히 작다. 완전히 땅꼬마다.

내 얼굴을 보던 엄마는 무언가를 말하려는 눈치였지만 곧 눈길을 돌리고 말없이 다림질을 계속했다.

나는 키가 작다.

운동장에 줄지어 설 때면 맨 앞은 언제나 내 차지다. 그것도 1학년에 입학하고 나서 4학년이 된 지금까지 쭉. 짧은 순간이었지만 맨 앞자리를 벗어날 뻔한 적도 있었다. 1학년이 거의 끝나 갈 무렵, 눈곱만큼 자라던 내 키가 드디어 같은 반 여자애 '료 짱'을 앞지른 것이다. 드디어 '앞으로나란히'를 해 보나 싶었는데 기대도 잠시뿐, 료 짱은 봄 방학 때 훌쩍 전학을 가 버렸다.

운도 없어…….

결국 나는 지금까지도 '앞으로나란히'를 한 번도 해 보지 못했다.

엄마는 "키가 작은 것도 개성이고 눈에 띄어 관심 받을 수도 있으니 좋지, 뭐." 하고 아무렇지도 않은 듯 말하지만, 좋긴 뭐가 좋다는 건지!

나는 눈에 띄는 것보다 키가 크고 싶다.

"나는 싫어요."

"괜찮아. 남자애들은 중학생쯤 되면 쑥쑥 자라니까."

엄마는 내 등을 찰싹 쳤다.

"자, 됐다."

엄마는 이제 막 다려 따끈따끈해진 체육복을 탁자 위에 올려놓았다.

푸릇푸릇한 벚나무 가로수 길을 걸어가는데 뒤에서 "안녕." 하는 소리가 들리더니 어깨에 묵직한 게 얹혔다. 같은 반 '나카조 키라리'의 팔이다. 반가워할 새도 없이 휘청거리면서 얼떨결에 "안녕." 하고 인사했고, 그러자 키라리는 그대로 나와 어깨동무했다.

하지 마. 머리 망가지잖아.

어, 그런데 키라리 이 녀석, 키가 더 큰 것 같은데?

"무겁다고!"

버둥거리며 팔에서 빠져나온 나를 보더니 키라리는 눈을 동그랗게 떴다.

"어, 이미지 변신한 거야?"

"무슨 소리야."

"좋은데, 잘 어울려!"

쾌활하게 웃는 키라리를 보며 나는 어깨를 움츠렸다.

머리 모양을 바꾸거나 새 옷을 입은 걸 알은척해 주는 걸 나는 별로 좋아하지 않는다. 되도록 모른 척해 주면 좋겠는데, 눈치 없는 키라리는 내가 부끄러워하는 것도 모르고 큰 소리로 물었다.

"왜 뾰족하게 세운 거야?"

나쁜 의도가 없다는 건 알겠는데, 그러지 말라고, 제발 좀…….

키라리 이 녀석과 친해진 건 3학년 때, 같은 모둠에서 거리 탐험 활동을 하고 나서부터다. 그날 우리 둘은 전날 밤 텔레비전에서 본 고교 배구 중계 이야기를 신나게 떠들어 댔다.

야구나 축구를 좋아하는 애들은 많지만 배구에 관심 있는 아이는 좀처럼 만나기 어려웠던 터라, 그날 나는 말도 못 하게 흥분하고 말았다. 그건 키라리도 마찬가지였을 것이다.

그날 이후 우리는 쉬는 시간과 점심시간, 방과 후를 가리지 않고 시간만 나면 배구공을 가지고 놀았다. 다른 아이들 몇 명이 끼어들어 같이할 때도 있었지만 배구보다 야구, 배구보다 축구를 좋아하는 아이들이 많았기 때문에 대개는 둘이서 즐겼다.

"빨리 5학년이 됐으면!"

그때 우리는 그렇게 입버릇처럼 말하곤 했다. 학교 근처의 나나 초등학교 체육관에는 '스나쿠보 주니어 배구 클럽'이 있었는데, 거기는 5학년부터 들어갈 수 있기 때문이다.

"5학년이 되면 꼭 스나쿠보 주니어 배구 클럽에 들어가자."

우리는 그렇게 약속했다.

하지만 그해 겨울부터 스나쿠보 주니어 배구 클럽은 나이 제한을 낮추어 1학년부터 회원을 받았다. 우편함에서 모집 광고지를 본 나는 당장에 키라리를 불러내 나나 초등학교로 달려갔다.

체육관 입구에서 얼쩡거리자 목에 호루라기를 건 키 큰 아저씨가 우리를 보고 다가왔다.

“너희, 몇 학년이냐?”

“3학년이요.”

키라리가 대답하자 아저씨는 눈을 동그랗게 떴다.

“너 키가 아주 크구나. 얼마나 되지?”

키라리가 150센티라고 대답하자, 아저씨는 “오!” 하고 놀라더니 자신을 배구 클럽 감독이라고 소개했다.

“연습은 매주 수요일과 토요일, 오후 네 시 삼십 분부터 여섯 시까지인데, 괜찮겠니?”

감독님은 키라리만 보면서 말했다. 옆에 있는 나는 완전히 무시한 채.

“괜찮지, 고타?”

내가 고개를 끄덕이자 키라리는 그제야 감독님에게 대답했다.

"괜찮아요."

"그럼 기다릴게. 기대한다."

감독님은 곧바로 우리에게 가입 신청서를 내밀었다.

"안녕." 하는 소리에 이어, 뒤에서 타다닥 여러 사람의 발소리가 들리자, 키라리는 환한 미소를 지으며 "안녕." 하고 돌아보았다.

키라리는 좋은 녀석이다. 좋은 녀석이긴 한데…….

이 녀석과 있으면 이따금 내 마음에 검은 얼룩이 생긴다.

이런 걸 아마 질투라고 하는 걸 거다.

3교시, 우리 4학년 1반은 체육복으로 갈아입고 체육관으로 갔다.

체육관에는 책상이 띄엄띄엄 놓여 있고 각 책상 앞에는 몸무게, 키, 시력, 청력 그리고 내과, 안과, 이비인

후과, 치과라고 쓰인 종이가 붙어 있었다. 내과와 안과 책상 쪽에는 흰 가운을 입은 의사 선생님이 앉아 있었다.

"자, 조용!"

선생님 목소리가 울렸다.

"지금부터 모둠별로 카드에 적힌 순서대로 돌면 돼요. 다 끝난 모둠은 교실로 돌아가서 자습하세요."

우리 모둠은 쓰카지와 치이라는 여자애 둘 그리고 키라리와 나, 이렇게 넷이다.

"우리는 시력부터 재는 거지?"

쓰카지가 카드를 보고 재빨리 걸음을 뗐다.

"가자." 하고 키라리가 쓰카지 뒤를 따라갔다. 나도 따라나서려는데 옆에 있던 치이가 한숨을 내쉬었다.

"왜 그래?"

"난, 시력 검사 하기 싫어."

"왜?"

"눈이 또 나빠졌을 게 뻔해."

겨우 그것 때문에 그렇게 땅이 꺼져라 한숨을 쉰다고? 어떻게 반응해야 할지 몰라 난감한 표정을 짓자 치이는 나를 흘끗 보았다.

"고타 넌 작년에 양쪽 다 2.0이었지?"

"그걸 어떻게 알았어?"

"너랑 나 3학년 때도 같은 모둠이었잖아."

"그랬던가?"

"출석 번호 순서대로니까 당연하잖아."

맞다. 4학년으로 올라오면서 반 편성을 새로 하지 않아 출석 번호도 달라지지 않았다.

"이번에도 시력 떨어지면 꼼짝없이 안경 써야 해."

"아, 그래."

내가 건성으로 대꾸하자 치이가 눈을 부릅뜨고 흘겨보았다.

"너는 좋겠다. 눈 하나는 좋잖아."

눈 하나는…….

"게임 같은 걸 너무 해서 눈이 나빠진 거 아냐? 컴퓨터나 스마트폰을 많이 보면 눈에 안 좋다던데."

살짝 발끈해서 말했더니 치이 얼굴이 조금 더 날카로워졌다.

"그걸 누가 모르니? 그래서 스마트폰은 거의 안 하고, 책도 전자책 대신 종이책만 읽거든! 게임 같은 건 관심도 없고."

"게임 안 해?"

"…… 가끔 해. 하지만 매일 하는 것도 아니고, 해 봐야 한 시간도 안 한단 말이야."

"그럼 왜 눈이 나빠져?"

"모른다고!"

아, 무서워. 왜 나한테 화를 내고 그래? 속으로 되받아칠 말을 궁리하는데 치이가 나직이 중얼거렸다.

"불공평해."

불공평.

"우리 오빠는 게임도 하루에 몇 시간이나 하고, 만화도 전자책으로 보고, 맨날 누워서 스마트폰을 봐. 그런데도 그렇게 눈이 좋다는 게 말이 돼? 나는 열심히 하늘도 올려다보고 틈틈이 먼 곳도 본다고. 진짜 재미없고 지겹지만 그래도 눈에 좋다니까 꾹 참고."

대꾸할 말이 없었다.

치이 얘는 어떻게든 노력하고 있는 거다.

"뭐 해! 빨리 와!"

시력 책상 앞에 줄을 선 쓰카지가 빨리 오라고 손짓했다.

"가자. 걱정 마, 치이. 그렇게 노력했으니까 좋아졌을 거야."

위로를 건넸지만 치이는 여전히 불만스러운 듯 입을 삐죽 내밀고 총총 걸어갔다.

"오른쪽. 아래. 위. 오른쪽 아래?"

"자, 됐어요."

시력 담당 선생님이 말하자 미술을 가르치는 노다 선생님이 카드에 숫자를 적어 넣었다.

나는 "고맙습니다." 하고 인사하고 카드를 받아 들었다. 오른쪽 2.0, 왼쪽 2.0. 작년과 같다. 돌아보자 치이는 검은 밥주걱 같은 가리개를 오른쪽 눈에 대고 잔뜩 찌푸린 얼굴로 시력표를 노려보고 있었다.

"이건?"

"…… 안 보여요."

"이건?"

"오른쪽, 아, 위요."

"그럼 이건?"

선생님이 옆을 가리켰다.

"…… 아래요."

선생님이 이번에는 그 위를 가리켰다.

"자, 됐어요."라는 말에 치이는 고개를 푹 숙이고 터벅터벅 걸어가 노다 선생님에게 눈 가리개를 건넸다.

"치이, 그동안 칠판 글씨가 잘 안 보였지? 이 종이를 엄마한테 가져다드리렴. 빨리 안경을 맞춰야겠다."

선생님이 소곤소곤 말하자 치이는 고개를 작게 끄덕이고 종이를 받아 들었다. 옆에서 지켜보던 쓰카지가 평소보다 밝은 목소리로 "좋아, 다음 코너로 가자!" 하고 외치며 치이의 손을 잡아끌었다. 치이는 그 손을 홱 뿌리쳤다.

"나, 화장실 갔다 올게."

발길을 돌려 체육관을 나가는 치이를 눈으로 좇으며 키라리가 내 쪽으로 허리를 구부렸다.

"재 갑자기 왜 저러냐?"

내가 꾸물거리자 쓰카지가 대신 대답했다.

"눈이 더 나빠져서 안경을 써야 한대."

키라리가 그게 뭐가 문제냐는 듯 어리둥절해하자 쓰카지가 덧붙였다.

"치이는 안경 쓰기 싫대."

"뭘 그런 걸 가지고 저렇게 예민하게 구는지 몰라. 안경 쓰는 게 뭐가 어때서? 예쁜 안경도 얼마든지 많잖아. 모델이나 아이돌 중에는 일부러 멋 내려고 안경 쓰는 사람도 많은데."

"맞아. 배구 선수 중에도 평소에는 안경을 쓰다가 시합 때만 렌즈를 끼는 사람들이 꽤 있거든. 나는 그런 선수들 보면 멋지던데."

쓰카지는 "그치?" 하고 키라리를 보며 고개를 끄덕였다.

"안경 쓰는 걸 너무 부정적으로 생각한다니까. 불치병에 걸렸다면 뭐 엄청난 충격이겠지만 눈이 좀 나빠진 것뿐이잖아."

음, 그것도 틀린 말은 아니다. 둘이서 그렇게 말하는 것도 이해한다. 맞는 말이다. 나도 안경 쓰는 거 싫어하지 않으니까. 하지만…….

"불공평해."

치이가 중얼거리던 그 한마디가 머릿속에서 맴돌았다.

치이는 시력을 관리하려고 갖은 노력을 했다고 했다. 오빠가 게임하거나 전자책으로 만화를 읽을 때 꾸준히 하늘을 올려다보고, 먼 곳을 보았다고. 하지만 치이네 오빠뿐 아니라 따로 노력하지 않아도 눈이 좋은 사람은 얼마든지 있다. 나도 밤이면 종종 침대에서 손전등을 켜고 만화책을 읽는다. 휴일이면 아빠와 함께 종일 게임을 하기도 한다. 어느 경우든 결국 엄마한테 혼나는 결말이기는 하지만. 어쨌든 나는 양쪽 눈 모두 2.0이다.

"아, 왔다. 치이!"

쓰카지가 손을 흔들었다.

청력, 안과, 이비인후과, 치과, 내과 그리고 몸무게까지 모든 검사를 순조롭게 마친 우리는 마지막으로 키를 재는 책상 앞에 섰다.

바로 앞 모둠에서 키를 잰 여자애들이 신체검사 표를 서로 보여 주면서 "어디, 어디.", "나 5센티 컸어.", "리에 넌?", "나보다 더 크잖아!" 하며 조잘댔다.

"이 녀석들!"

선생님이 곧바로 주의를 주었다.

맞다. 신체검사 표는 남의 것을 보거나 보여 주지 말라고 조례 시간에 선생님이 말했다.

"턱 당기고. 등을 쭉 펴고."

키라리가 키를 재고 있었다.

"오옷."

선생님이 놀란 듯 나직이 탄성을 질렀다.

"자, 끝났다."

선생님은 빙긋 웃고는 신체검사 표에 숫자를 적고

키라리에게 건네주었다.

키라리는 좋겠다. 분명 많이 컸겠지? 작년에도 5센티나 자랐댔는데.

"다음 사람."

내 차례다. 주먹을 꽉 쥐고 신장계에 올라갔다. 등줄기를 있는 힘껏 쭉 폈다.

"자, 턱 당기고, 등은…… 좋아. 잘 펴고 있구나."

선생님은 빙긋 웃었다. 슈욱, 소리가 들리고 신장계 기둥을 따라 머리 위로 막대가 내려왔다.

아, 하느님…….

뾰족하게 세운 머리카락 끝에 막대가 닿는 게 느껴졌다. 그만, 멈춰.

살짝, 톡! 그래, 아침에 공들인 보람이…… 하고 생각한 순간 턱, 막대가 정수리에 딱 닿았다.

선생님이 곧바로 카드에 숫자를 썼다. 그러고는 카드를 내밀었다. 131.

"수고했다."

내 마음이 뒤틀려서일까. 선생님은 왠지 나에게 동정의 눈빛을 보내는 것만 같았다.

나는 말없이 카드를 받아 들었다.

머리를 만져 보니 아침에 공들여 세운 머리카락이 푹 꺼져 있다.

"이제 우린 다 끝난 거지? 교실로 돌아가자."

쓰카지가 앞장섰고, 우리는 쓰카지를 따라 복도로 나갔다. 키라리가 코를 킁킁거렸다.

"오늘 급식, 짜장밥이다."

뭐, 어쩌라고.

키라리한테는 여유로움이라고 해야 할까? 아무튼 녀석은 태평한 면이 있다. 다른 때는 그게 좋았지만 지금은 괜히 짜증이 난다.

"키라리, 너 말이야."

"어?"

키라리가 허리를 구부리고 내 얼굴을 바라보았다.

"…… 아무것도 아냐."

나는 바로 타다닷 뛰기 시작했다. 키라리는 "야, 날 속여? 이건 반칙이지!" 하며 소리치고는 순식간에 따라붙었다. 곧이어 계단을 한 번에 두 단씩 성큼성큼 뛰더니 나를 앞질렀다.

"와아, 내가 이겼다!"

계단 위에서 해맑은 얼굴로 승리의 포즈를 취하는 키라리를 보자 나도 모르게 한숨이 나왔다.

키라리는 좋은 녀석이다. 좋은 녀석이지만…….

4교시가 끝나는 종이 울리고, 여기저기 교실에서 의자를 빼는 소리가 요란하게 울렸다.

"아, 나 급식 당번이야! 먼저 간다!"

키라리는 끼익끼익 실내화 소리를 내며 4학년 1반 교실로 뛰어갔다.

② 노력해도 소용없는 일!

“오늘 메뉴는 짜장밥, 당면 수프, 체리, 우유입니다.”

“짜장밥의 밥은 보리밥입니다.”

급식 당번이 급식대 앞에서 오늘의 메뉴를 말하고 “잘 먹겠습니다.” 하고 인사했다. 모두 따라서 “잘 먹겠습니다.” 하고 급식을 먹기 시작했다. 급식 당번인 키라리는 하얀 가운을 벗고 자리로 돌아와 내 등을 쿡쿡 찔렀다.

“고타, 부탁할게.”

키라리가 얼굴 앞에서 두 손을 모았다.

요즘 키라리는 날마다 나에게 우유를 대신 마셔 달라고 부탁한다.

"또? 너도 좀 마시고 그래."

"부탁이야. 체리도 하나 얹어 줄게."

"아우!"

나는 우유와 체리 한 개를 받아 들었다.

"고타, 너 착하다."

나와 마주 보고 앉은 이케우치가 웃었다.

"아냐. 나 우유 좋아해서 그래."

사실이 아니다. 남의 것까지 마셔 줄 정도로 우유를 좋아해 본 적은 없다. 어린이집에 다닐 때는 간식 시간에 우유가 나오면 늘 남겼고, 우유가 들어가는 크림 스튜보다 비프스튜를, 역시 우유가 들어가는 까르보나라보다 미트소스스파게티를 좋아한다.

그런 내가 스스로 우유를 마시게 된 건 초등학교

2학년 때, 전교생 모둠에서 만난 6학년 사쿠라 누나에게 "우유를 마시면 키가 큰대."라는 말을 듣고 나서부터이다.

어린이집에 다닐 때부터 우유를 마시면 어쩌고저쩌고한다는 말은 숱하게 들었지만 진심으로 믿은 적은 없다. 그건 '생선을 먹으면 헤엄을 잘 치게 된다'라든가 '당근을 먹으면 빠르게 달릴 수 있다'와 같은 말처럼 아이들에게 싫어하는 걸 먹이려고 어른들이 하는 거짓말이라고 생각했다.

하지만 사쿠라 누나 말에는 근거가 있었다. 고등학교에 다니는 누나의 오빠는 키가 185센티나 되는데, 매일 1리터들이 우유를 한 팩씩 마셨다는 거다.

그날부터 나는 하루에 1리터를 목표로 우유를 마시고 있다.

우유 팩에 빨대를 꽂고 쪽쪽 우유를 마시는데 대각선 앞자리에서 숟가락을 빨던 겐고가 나를 말똥말똥 바라보며 말했다.

"고타, 너 우유를 그렇게 좋아하는데 키는 왜 그렇게 작아?"

윽…….

"겐고!"

언제나 다정한 이케우치의 목소리가 날카로웠다.

"그런 말 하면 어떡해."

"뭐어?"

겐고는 어리둥절해했다.

"그런 말 하면 고타가 상처받는다는 거 몰라? 불쌍하잖아."

목에 무언가 걸린 듯 턱 막혔다.

불쌍하다니…….

가슴이 콕콕 찔린 듯 아팠다.

"난 괜찮아. 그런 거 신경 안 써."

응? 이케우치가 이상하다는 듯이 나를 쳐다보는 듯

했지만 말없이 짜장밥을 우걱우걱 입에 넣었다.

대놓고 키가 작다고 말한 겐고도 겐고지만 나는 이케우치의 말이 더 아프고 부끄러워서 견디기가 힘들었다.

키가 작으면 불쌍하다는 거야? 키가 작다는 말을 들으면 상처받는 거야? 다른 사람들이 조심해서 말하고, 불쌍히 여겨야 해? 키가 작다는 게 부끄러운 거냐고!

앗, 그러고 보니 누구보다 신경 쓰고 있는 건 나잖아.

"야!", "왜!" 하면서 겐고와 이케우치가 속닥거리며 다투는 소리가 들렸지만 나는 모른 척했다.

"무슨 일이야?"

등 뒤에서 키라리가 묻는 소리도 들렸지만 못 들은 척했다.

지금 입을 열면 당장 울음이 터질 기라는 걸 잘 알고 있으니까.

이런 일로 눈물을 보이는 건 정말 싫다. 너무 비참

하다.

“다들 빨리 먹어. 쉬는 시간이 줄어들잖아.”

옆에서 치이가 못마땅한 듯 둘에게 말했다. 치이의 날카로운 목소리에 나는 조금 위로받은 느낌이었다.

식판을 정리하고 책상을 제자리로 돌려놓고 복도로 나가자 키라리가 나와 있었다.

“고타, 왜 그렇게 늦게 먹냐.”

“미안……. 아니지, 내가 왜 사과해야 돼.”

퉁명스럽게 내뱉자 키라리는 에헤헤 하고 웃었다.

“운동장에 가자.”

또 배구 연습하자는 거다.

“난 도서실 가야 돼. 못 해.”

그렇게 대꾸하고 걸음을 떼자 키라리가 따라왔다.

“운동장에 안 나가?”

“뭐, 고타 네가 안 나간다니까 나도.”

"다른 애랑 연습하면 되잖아."

내가 말하자 뒤에서 누군가 우리를 불러 세웠다.

"키라리, 고타!"

돌아보자 겐고 무리가 교실 앞에서 "축구하러 가자." 하면서 손을 흔들었다.

"넌 가."

내가 말하자 키라리가 물었다.

"고타 넌?"

"나는 도서실에 간다고 했잖아. 간다."

무슨 말인가 하려는 키라리를 무시하고 나는 그대로 계단을 뛰어 올라갔다.

도서실은 삼 층의 왼쪽 끝에 있다. 미닫이문을 열자 독특한 냄새가 났다. 오래된 책에 앉은 먼지 냄새, 곰팡이 냄새. 독특하지만 싫지 않았다. 오히려 마음이 조금 차분해졌다.

안으로 들어가자 사서 선생님이 돌아보고 생긋 웃었

다. 나는 까딱 고개를 숙이고 책장으로 가서 쓱 훑어보았다.

도서실에는 생각보다 사람이 많았다. 5, 6학년쯤 되어 보이는 누나들 몇이 카펫이 깔린 구석에 둥글게 앉아 있었다. 누나들은 무언가를 보다가 이따금 까르르 웃기도 하고 서로를 향해 "쉿!" 하고 주의를 주기도 했다. 길게 놓인 책상에서는 고학년으로 보이는 형과 누나가 공부하고 있었다. 서로 거리를 두고 앉은 둘은 아무 말도 하지 않고 부지런히 샤프 연필만 움직였다. 그 너머 책상에는 저학년 남자애가 손톱을 물어뜯으며 어떤 도감을 보고 있었다. 책장과 책장 사이에도, 소파에도 학생들이 드문드문 있었다.

나는 한 바퀴 쭉 돌아보고 아무 책이나 한 권 빼 들고 창가에 앉았다. 책을 펼치고 글자를 눈으로 좇아 봤지만 전혀 머리에 들어오지 않았다.

딱히 읽고 싶은 책도, 찾아볼 게 있었던 것도 아니다.

키라리와 평소처럼 배구 연습할 기분이 들지 않아서 도망쳐 왔을 뿐이다.

열린 창문을 통해 통통 공이 튀는 소리와 떠들썩한 웃음소리가 들려왔다.

나는 책을 제자리에 꽂고 도서실을 나와 복도 창문으로 운동장을 내려다보았다. 화단 앞에서 키라리 무리가 공을 패스하면서 계속 돌리고 있었다.

키라리가 발을 뻗어 다나카의 패스를 가로챘다. 다나카가 과장된 몸짓을 하며 아쉬워하자 모두 와르르 웃음을 터뜨렸다.

"고타, 왜 그렇게 무서운 얼굴을 하고 있냐!"

머리 위에서 나는 소리에 고개를 들자 치이가 내려다보고 있었다.

"누굴 그렇게 노려봐?"

"내, 내가 누굴 노려봤다고."

당황해서 말을 더듬자 치이는 쿡쿡 웃으며 창밖으로

얼굴을 돌렸다.

"아무도 안 봤거든."

내가 몸을 홱 돌리자, 치이는 어깨를 으쓱 들어 올렸다.

"고타, 넌 여기서도 보이는구나."

"어?"

"운동장에 있는 애들 얼굴 말이야. 난 여기서는 안 보여."

아, 그렇구나. 치이는 눈이 나쁘니까.

나는 조금 마음이 놓였다. 신나게 놀고 있는 키라리를 보면서 인상을 팍 쓰고 있으면 엄청 찌질해 보일 테니까. 아니, 그렇게 보이는 게 아니라…… 나는 진짜로 찌질하다.

나는 키라리를 싫어하지도 미워하지도 않는다. 키라리는 아무것도 잘못한 게 없으니까.

다만…….

"불공평하지?"

움찔 놀라 얼굴을 들었다.

"불공평하다고."

"……."

치이는 내 옆에 나란히 서서 창틀에 팔꿈치를 얹고 턱을 괴었다.

"눈이 좋거나 나쁜 것도, 얼굴이 예쁘거나 예쁘지 않은 것도 다 타고나는 거잖아. 키가 크거나 작은 것도 그렇고 말이야."

치이가 나를 흘끗 보았다.

혹시 들킨 건가? 그동안 키 같은 건 신경 쓰지 않는 척했는데.

"진짜 불공평해."

치이가 자꾸만 그 말을 되풀이하자 짜증이 올라왔다. 눈이 나쁜 것과 키가 작은 것을 똑같이 취급하다니. 시력과 키는 불공평의 차원이 다르다고!

나는 창문을 등지고 서서 말했다.

"너야 뭐, 안경만 쓰면 멀리 있는 것도 볼 수 있잖아."

하지만 키는 무슨 수를 써도 키울 수가 없다. 내 문제에 비하면 치이의 고민 따위는…….

"그럼 넌 키 높이 신발 신으면 되겠네, 뭐."

"뭐?"

허를 찔려 멍하니 쳐다보자 치이의 눈매가 매서워졌다.

으윽, 무서워.

"그, 그치만 신발을 벗으면 소용없잖아. 그리고 그딴 걸 신고 배구를 어떻게 하냐."

"해 보지도 않고 어떻게 알아."

말도 안 돼.

내가 입을 다물어 버리자 치이는 한숨을 포오 내쉬었다.

"미안해. 나도 알아, 신발로 해결될 고민이 아니라는

거. 나도 안경으로는 해결이 안 되거든."

치이가 괴로워하는 것도 이해는 간다. 아무리 그래도 나한테는 '그깟 시력'일 뿐이다. 시력이 나쁜 건 아주 작은 고민이라고. 하지만 나는 눈이 좋으니까 이렇게 생각하는 거겠지. 양쪽 모두 시력이 2.0인 나는 치이가 느끼는 불공평을 이해하지 못할 거다.

"미안해……."

"아냐."

치이는 고개를 휘휘 젓고는 나를 흘끗 보았다.

"아직 포기하지 마. 우리 오빠도 초등학교 때는 키가 작아서 앞에서 세는 게 빠를 정도였는데, 중학교 때 갑자기 확 컸대."

"게임만 한다는 오빠?"

"맞아. 초등학교 때 컸던 애들은 중학생이 되면 많이 안 큰대. 지금은 오빠가 그 친구들보다 더 크댔어."

"진짜?"

"그럼! 내가 왜 거짓말을 하겠냐!"

그렇다면 나도 혹시 중학생이 되면…….

키라리보다 더 키가 큰 내 모습을 상상하자 저절로 웃음이 삐져나왔다.

"아 참, 고타 너희 아빠랑 엄마는 키가 얼마나 돼?"

"엄마랑 아빠 키? 그건 왜?"

"키는 유전되는 경우가 많대."

싱글거리던 얼굴이 순식간에 굳었다.

"부모님 키를 보면 앞으로 얼마나 클지 대충 알 수 있대. 아들은 특히 엄마를 닮는다던데."

망했다. 우리 부모님은…… 둘 다 키가 작다.

치이 말이 사실이라면 내가 아무리 발버둥 쳐 봐도 소용없는 거다.

종이 울리자 치이는 "가자." 하고 계단을 내려갔다.

그 뒤로 5교시와 6교시 내내 나는 멍하니 정신을 놓

고 있다가 선생님에게 세 번이나 주의를 들었다.

"도도로기 고타."

마침내 내 이름이 네 번째로 불리고, 선생님에게 이런 말까지 들었다.

"어디 몸이 안 좋니?"

내가 작게 고개를 끄덕이자 선생님은 걱정스러운 얼굴로 보건실에 다녀오라고 했다.

"괜찮아?"

복도로 나오자 이케우치가 내 얼굴을 들여다보았다.

"응."

대답과 함께 한숨이 새어 나왔다.

하필 이케우치와 함께 보건실에 가게 되다니. 이케우치가 보건 담당이니 당연한 거지만…….

"혼자 갈 수 있어. 넌 교실로 돌아가."

"안 돼. 선생님이 같이 가라고 했잖아. 무책임하게 나 혼자 돌아갈 수는 없어."

이 여자애는 쓸데없이 책임감이 강하다.

나는 말없이 계단을 내려갔다. 보건실은 1층에 있는 1학년 교실 옆에 있다. 지금쯤이면 1학년 수업은 벌써 끝났을 시간이다. 멍하니 걸어가는데 별안간 1학년 2반 교실 문이 드르륵 열렸다.

"우앗!"

내가 반걸음 물러나자 바로 뒤에서 따라오던 이케우치가 "아얏!" 하고 소리쳤다.

"아, 미안."

화들짝 놀라 발을 들자 이케우치의 하얀 실내화에 희미하게 신발 자국이 났다.

"어휴 진짜, 새 실내화인데."

"미안해, 갑자기 문이 열려서……."

손가락으로 앞을 가리키자 1학년 2반 교실 문 앞에 두 사람이 서 있었다. 전교생 모둠 활동에서 같은 모둠원이 된 쓰토무와 2학년 때 담임 나카무라 선생님이다.

"하아, 놀랐네."

선생님도 놀랐는지 오른손을 가슴에 대고 있었다. 나는 "죄송해요."라고 말하며 고개를 까닥 숙였다.

"갑자기 문이 열리는 바람에 놀라서……."

그러자 선생님은 피식 웃었다.

"미안하구나. 얘가 교실에 놓고 온 게 있다고 해서 가지러 왔지. 그런데……."

선생님은 말을 멈추고 교실 안의 시계를 보았다.

"너희 둘, 수업은 어쩌고?"

"고타를 보건실에 데려다주러 왔어요. 저는 보건 담당이거든요."

이케우치 말에 선생님은 "그랬구나. 많이 안 좋니?" 하며 내 얼굴을 들여다보았다. 그 옆에서 쓰토무가 손가락으로 나를 가리켰다.

"쓰토무, 사람한테 손가락질하면 못써."

선생님이 나무라자 쓰토무는 손을 내리고 선생님을

올려다보았다.

"아는 형이에요."

"응?"

선생님이 고개를 갸웃거렸다.

"저랑 쓰토무, 같은 모둠원이에요."

"아."

선생님이 고개를 끄덕이자 쓰토무가 말했다.

"저보다 키는 작지만 형이에요."

푹.

나쁜 마음으로 그러는게 아니라는 걸 알아서일까. 쓰토무의 그 말은 더욱 가슴에 깊이 꽂혔다.

기억하고 싶지 않은 지난주의 전교생 모둠 활동이 다시 떠올랐다.

그날 우리는 올해 첫 전교생 모둠 활동을 위해 모였다. 우리 모둠은 2학년 1반 교실에 모여 자기소개와 과일 바구니 게임을 하기로 했다. 1학년부터 6학년까지 모두 열두 명이 바닥에 둥글게 앉아 자기소개를 시작했을 때, 2학년 겐타가 갑자기 큰 소리로 말했다.

"고타 형이 1학년 쓰토무보다 작아."

윽.

나도 쓰토무를 처음 봤을 때 크다는 생각이 가장 먼저 들었다. 쓰토무는 바닥에 무릎을 끌어안은 자세로 앉아 있어 키가 얼마쯤 되는지는 알 수 없었지만 앉은 키만 봐도 나보다 클 것 같았다.

아무리 그래도…….

수치심과 굴욕감과 겐타에 대한 분노로 부들부들 떨고 있자, 모둠장인 6학년 나나코 누나가 겐타의 머리를 공책으로 탁 치면서 나무랐다.

"시끄러워. 분명히 말해 두는데 너도 쓰토무보다 작거든."

그러고는 생긋 웃으며 쓰토무에게 말했다.

"고타가 작기는 해도 너한테는 형이야."

나는 뒤통수를 망치로 한 대 얻어맞은 것처럼 어질어질했다.

그 뒤로 이어진 과일 바구니 게임은 완전히 엉망이었다. 도저히 게임에 집중할 수 없었고, 그 바람에 게임 시간의 반 이상을 술래에서 벗어나지 못했다.

"쓰토무, 그런 말을 하면 안 돼."

"왜요?"

나카무라 선생님은 진지한 얼굴로 쓰토무 앞에서 허리를 구부리고 말했다.

"네가 어린 동생에게 그런 말을 들으면 기분이 어떨 것 같아?"

쓰토무는 으음, 하며 입술을 쑥 내밀고 생각했다.

"그런 말 들어본 적 없는데."

"그럼 한번 잘 생각해 봐. 자기가 듣기 싫은 말은 남에게도 하면 안 되는 거야."

푹, 푹푹.

선생님은 환하게 미소 지으며 내 쪽을 돌아보았다.

"미안하구나. 보건실에 간다고 했지?"

"네."

나는 입만 달싹이고 살짝 고개 숙여 인사했다.

똑똑. 이케우치는 보건실 문을 가볍게 두드리고 "실례합니다." 하고 문을 열었다.

"선생님." 하며 두리번거리자 구석에 있는 사다리 위에서 보건 선생님의 목소리가 들렸다.

"아, 잠깐만 기다려."

선생님은 들고 있던 파일을 선반에 대충 쑤셔 넣고 사다리에서 내려왔다.

"미안하다. 무슨 일이니?"

이케우치가 내 등을 슬쩍 밀며 말했다.

"고타가 속이 안 좋은가 봐요."

속이 안 좋은 게 아니라 기분이 안 좋은 거야. 마음 속으로 바로잡아 주었다.

"어디 한번 보자꾸나."

선생님은 내 이마에 손을 짚더니 체온계를 내밀었다.

"열은 없는 것 같은데. 그래도 거기 앉아서 재 봐."

"네."

나는 둥근 의자에 앉아 체온계를 겨드랑이에 끼웠다.

"급식은 먹었니?"

말없이 고개를 끄덕이자 선생님은 싱긋 웃었다.

삐삐, 소리가 났다.

체온계를 빼서 확인해 보니 36.5도.

체온계를 받아 든 선생님은 숫자를 확인하고 "열은 없는데." 하고 중얼거리며 손목시계를 보았다.

"그래도 6교시 끝날 때까지 여기서 쉬렴."

선생님은 몸을 돌려 이케우치를 보았다.

"수고했다. 담임 선생님께는 6교시 끝나면 교실로 보내겠다고 말씀드리렴."

"네."

이케우치는 고개를 끄덕이고 보건실을 나갔다.

수업 중의 보건실은 조용했다.

"고타 형이 1학년 쓰토무보다 작아."

"고타가 작기는 해도 너한테는 형이야."

어느 쪽이든 나를 기죽게 하는 말이었지만, 아무 생각 없이 보이는 대로 말하는 것보다 진지하게 옳고 그름을 내세우는 말이 나는 더 견디기 힘들다.

나도 모르게 한숨을 내뱉자 선생님이 빙그레 웃었다.

"잠깐 누울래?"

"괜찮아요. 아, 신경 안 쓰셔도 돼요."

내가 깍듯하게 말하자 선생님은 피식 웃었다.

"보건실에 와 놓고 신경 쓰지 말라니, 이런 애는 처음인데?"

선생님은 웃으면서 바퀴 달린 의자를 끌어와 앉았다.

"그럼, 선생님이랑 수다 좀 떨까? 나도 지금 땡땡이 치고 싶거든. 호호호."

땡땡이치고 싶다니……. 선생님이 그런 말을 해도 되나? 그런 생각을 하다가 그만 선생님과 눈이 딱 마주치고 말았다. 나는 얼른 눈을 내리깔았다.

"고타, 지금 속으로 '선생님이 이래도 돼?'라고 생각했지?"

선생님의 눈은 웃고 있었다.

"아무리 어른이고 선생님이라도 가끔은 땡땡이치고 싶기도 하고, 고민이 있기도 하고, 풀 죽을 때도 있어."

"그래요?"

"당연하지. 어른도 인간이야. 어른이라고 다 완벽한 건 아니거든."

"아, 네에."

그야 그렇겠지만.

선생님은 작은 가스레인지에 올려 둔 주전자를 가져와서 컵에 보리차를 따라 주었다.

"이것밖에 없구나. 마시렴."

"고맙습니다." 하고 한 모금 마셨다. 차갑지도 뜨겁지도 않은 보리차가 입안에서 구수한 향을 풍기고 몸속으로 부드럽게 퍼져 나갔다.

"맛있어요."

"그치?"

선생님은 기쁜 듯이 눈썹을 씰룩거렸다.

"보리차 끓이는 데는 누구보다 자신 있거든."

"아, 네에."

내가 고개를 끄덕이자 선생님은 장난스럽게 눈을 흘겼다.

"이럴 땐, '와아, 그래요?'라고 해야지. 그래야 이야기가 계속 이어지지."

아니, 저는 선생님과 계속 이야기하고 싶은 마음이 별로 없는데요……. 속으로 그렇게 생각했지만 마지못해 "와아, 그래요?" 하고 억양 없이 말하자 선생님은 그것도 만족스러웠는지 미소를 지었다.

"선생님 말이야, 중학생 때 농구부였어."

네? 갑자기 화제가 바뀌었다.

선생님은 다시 바퀴 달린 의자에 앉더니, 의자를 좌우로 돌리면서 이야기를 시작했다.

"농구라는 스포츠에서 키와 힘만큼 중요한 요소도 없지."

나도 그 정도는 안다. 배구도 농구만큼이나 큰 키가 중요하니까. 눈을 치켜뜨고 선생님을 보았다. 선생님은 키도 작고, 몸은 젓가락처럼 가늘다.

"그래, 나 같은 체격은 아무리 봐도 농구에는 맞지 않지. 나도 그건 알고 있었어. 그래도 나름 진지했단다. 연습은 빼먹은 적이 없었어. 하지만 끝내 선발 선수로 뽑히지는 못했지."

"키가 작아서요?"

"그게 다는 아니겠지만, 뭐 그 이유도 있었겠지. 비슷한 실력이라면 키가 크거나, 힘 있는 아이가 팀에 더 보탬이 될 테니까. 그래서 그때는 덩치 큰 아이만 보면 괜히 얄밉더라."

이해한다. 나도 마찬가지니까.

스나쿠보 주니어 배구 클럽에 찾아간 그날도 나는 대번에 알았다. 감독님은 우리가 아닌 키라리를 원한다는 걸.

예상대로 배구 클럽에 들어간 지 반년 뒤에 키라리는 당당히 선발 선수로 뽑혔다.

"그때의 나한테 큰 용기를 준 사람은 다부세 유타 선수였어. 그 선수를 보면서 '열심히 하면 못 할 것도 없다' 이런 다짐을 하곤 했거든."

"다부세 선수요?"

"모르니?"

선생님은 눈을 크게 떴다. 나는 농구에 대해서는 아무것도 아는 게 없다.

"네, 몰라요."

"일본인으로는 처음으로 NBA에 들어간 선수야. NBA는 미국 프로 농구인데……. 아무튼 NBA 선수는 다 키가 커. 평균 키가 아마 198이나 199센티쯤일걸."

"199요?"

"엄청나지? 다부세 선수는 173센티였어. 농구 선수로서는 일본에서도 작은 키였지. 하지만 그 작은 키로 NBA에서 당당히 활약한 거야."

"우아."

나도 모르게 감탄했다. 선생님은 "응응." 하고 고개를 끄덕이며 싱글벙글 웃었다.

"물론 피나는 노력을 했을 거야. 농구에 대한 남다른 감각과 타고난 재능도 있었을 거고. 거기에 체격까지 타고났으면 어땠을까…… 하고 아쉬워하는 사람도 있었지만."

선생님은 등을 쭉 폈다.

"그 반대의 경우도 생각해 볼 수 있지 않을까? 다부세 선수는 그 작은 체격을 극복하려고 남들은 생각하지 못하는 부분까지 신경 써서 연습하지 않았을까? 그렇게 해서 자신만의 농구 스타일을 만들었을 거고. 물론 키가 더 컸더라면 더 대단한 선수가 됐을지도 모를 일이지만. 뭐, 그런 이야기는 하나 마나 한 소리겠지. 내 생각엔 173센티의 다부세 선수를 대체할 선수는 세상에 없을 것 같아."

선생님이 무슨 말을 하려는 건지 나는 어렴풋이 이

해할 수 있었다. 타고난 체격이나 재능이 없어도 충분히 노력하면, 남보다 몇 배 더 열심히 하면 원하는 것을 이룰 수 있다는 뜻이겠지. 그런데 '99퍼센트의 노력과 1퍼센트의 재능'을 말한 사람은 누구더라?

선생님 말뜻은 알 것 같은데, 마음으로 받아들이는 것은 쉽지 않았다.

그 말은 나에게 노력이 부족해서 선발 선수에 뽑히지 못했다는 말로도 들렸다.

내가 작은 키를 극복할 만큼의 체력과 점프력을 갖추려고 노력하는 사이, 키라리는 그다음 단계의 연습을 한다. 열심히 뒤쫓아 가서 기껏 조금 따라잡았나 싶으면 키라리는 다시 저만치 앞서간다.

그렇게 처음부터 벌어진 차이는 좁혀지지 않았다.

"다부세 선수는 불공평하다는 생각 같은 거, 안 했을까요?"

"글쎄, 어땠을까. 하지만 나는 했어."

나는 선생님의 얼굴을 보았다.

“당연한 거 아니니? 안 그래? 세상은 누구에게나 공평하다고들 하지만 주어진 능력이나 조건은 하나도 공평하지 않거든.”

나도 그렇게 생각한다.

정말이지 치사하고 불공평한 하느님이다.

“그런데도 농구를 그만두지 못했어.”

“왜요?”

선생님은 잠시 천장을 올려다보고, “왜 그랬을까.” 하면서 나를 보았다.

“역시 좋아했던 거지. 아, 농구 말이야.”

“…….”

“고등학교 때는 농구부 매니저까지 맡았어. 그래서 매일 연습할 때 보리차를 끓였어. 선수는 되지 못했지만 덕분에 지금 이렇게 맛있는 보리차를 끓일 수 있게 됐으니까, 생각지도 못한 데서 좋은 결과가 나온 거 아니겠니."

어느새 무척 진지해진 선생님의 목소리와 겹쳐 6교시 수업의 끝을 알리는 종이 울렸다.

교실에 들어가기 무섭게 키라리가 달려왔다.

"지금 데리러 가려고 했는데. 괜찮은 거야?"

"응."

나는 시큰둥하게 대답하고 사물함에서 책가방을 꺼내 자리에 가서 앉았다. 옆자리의 이케우치가 힐끔힐끔 쳐다보는 시선이 느껴졌다. "왜?" 하고 얼굴을 돌렸다.

"둘이 싸우기라도 한 거야? 아까 키라리가 걱정하면서 너를 데리러 가겠다고 하던데."

"아니, 싸운 건 아닌데."

"아닌데?"

이케우치는 끈질기게 말꼬리를 잡았다.

"싸운 거 아니면, 무슨 일이 있었던 건데?"

"귀찮게 왜 이래!"

나도 모르게 빽 소리치고 말았다. 이케우치는 몸이 흔들릴 정도로 움찔 놀랐다.

"걱정돼서 물어본 건데, 너무하잖아!"

이케우치는 책상 속의 교과서를 책가방에 마구 쑤셔 넣고 자리에서 일어났다.

저녁 반찬은 내가 싫어하는 전갱이 조림이었다.

오늘은 저녁밥까지도 마음에 들지 않는다. 젓가락으로 전갱이를 깨작거리자 엄마가 째려보았다.

"고타! 학교에서 무슨 일 있었어?"

"아니요."

"그럼 제대로 먹어. 네가 그렇게 깨작거리면 전갱이가 목숨을 바친 보람이 없잖아. 엄마가 전갱이라면 분명 원망할 거야."

엄마는 가끔 이렇게 오싹한 말을 한다.

"먹는다고요, 먹으면 되잖아요."

전갱이 조림, 유채와 만가닥버섯 초무침, 어제 먹다 남은 감자 샐러드. 거기에 밥과 된장국.

전부 꾸역꾸역 먹고는 "잘 먹었습니다." 하고 빈 접시를 치우자 엄마가 사과를 깎아 주었다.

아삭아삭한 식감과 코를 자극하는 달콤하고 상큼한 향이 아주 좋았다.

"맛있지? 아오모리 이모가 보내 주셨어."

아오모리 이모는 아오모리에서 사과 농원을 하는 엄마의 친척이다. 성이 사토였는지 사이토였는지도 정확히 기억나지 않는다. 한 번도 만난 적은 없지만 이모네 농원에서 보내 주는 사과는 언제나 맛있다.

사각사각 씹고 있으니 조금 전까지 무겁고 답답했던 기분이 조금은 가벼워졌다.

"아 참, 전철에서…… 누구더라? 그 코치를 만났어. 그 왜, 모델 같은 여자 코치 있잖아."

"이마오카 코치?"

"그래그래."

배구 클럽 감독님의 제자였던 이마오카 코치님은 고등학생 때, 도 대표로 선발될 정도로 실력 있는 선수였다고 한다. 지금은 매주 한 번씩 배구 클럽에 와서 훈련을 도와준다.

엄마들이 입을 모아 그 코치님을 보고 '모델 같다'고 하는 이유는 178센티라는 큰 키 때문이다.

"엄마, 그런 말은 안 하는 게 좋아요."

"그런 말이라니?"

"모델 같다는 말."

"그 말이 어때서?"

엄마는 눈을 크게 떴다.

"코치님은 모델 같다는 말 듣는 거 싫어한대요."

"왜? 칭찬인데?"

"그건 저도 몰라요."

사각, 사과를 베어 물었다.

사실 나는 다 알고 있다.

작년 겨울, 연습 경기를 마치고 다 같이 버스를 타고 돌아오는 길이었다. 뒷자리에 앉은 청년들이 코치님을 보고 "와, 크다!" 하고 킥킥거렸다. 코치님은 못 들은 척했지만 내 귀에도 똑똑히 들리는 소리를 코치님이 못 들었을 리 없었다.

그다음 주에 코치님과 이야기할 기회가 있었다. 그날 나는 훈련 시작 한 시간쯤 전에 체육관에서 스쾃과 리바운드 점프 연습을 하다가 마침 들어온 코치님에게 딱 걸리고 말았다. 왠지 몰래 도둑 연습을 한 것 같아서(사실이지만) 어쩔 줄 모르고 있는데, 이마오카 코치님이 아랑곳하지 않고 말했다.

"한 번 더 해 봐."

그렇게 코치님은 자세를 지도해 주었다.

"앉을 때 등이 굽지 않도록."이라든가 "허리에 탄력

을 줘야지!"라든가. 뎁스 점프라는 것도 배웠다.

그날 나는 용기 내어 코치님에게 물어봤다.

"키 크는 훈련은 따로 없어요?"

"미안하다. 그런 건 들어본 적이 없어."

코치님이 미안해하며 대답했다. 그러고는 체육관 밖으로 나를 데리고 나가 자판기에서 스포츠 음료를 사 주었다.

"고타, 나는 너와는 반대였어."

가드레일에 걸터앉아 음료를 마시면서 코치님은 씁쓸히 웃었다.

"나는 어릴 때부터, 아니 태어날 때부터 컸거든. 유치원 때도 초등학교 때도 전교에서 제일 컸고, 중고등학교 때도 물론 여자애들 중에서는 제일 컸지. 대학에서는 키 순서로 번호를 정하지 않으니 알 순 없었지만 아마 여학생 중에 나보다 큰 애는 없었을걸."

나는 지금까지 쭉 키 순서로는 제일 앞이다.

"좋겠다."

발밑의 돌멩이를 발부리로 탁 차면서 혼잣말을 중얼거리자 코치님이 말했다.

"좋지 않아."

코치님은 다 마신 페트병을 우지직 찌그러뜨렸다.

"내가 어릴 때 뭐라고 불렸을 거 같아? 언제나 거대녀, 자이언트 같은 별명뿐이었어. 내가 크고 싶어서 큰 것도 아닌데 말이야. 옷도 맞는 게 없어서 구하기 힘들었어. 작은 여자애는 작다는 것만으로 '보호해 주고 싶은' 존재잖아. 나처럼 체격이 크면 그것만으로도 건강하고 튼튼하고 강할 거라고 오해하거든. 하긴 건강하긴 하지. 어쨌든 키가 큰 게 나한테는 늘 콤플렉스였어. 키 작은 아이를 볼 때마다 부러웠고, 괜히 질투가 나고 그랬지."

"하지만 아무도 저를 질투하지는 않는데요."

나직이 말하자 코치님이 일어나면서 말했다.

"과연 그럴까."

이렇게 보니 크긴 정말 크네. 나는 이마오카 코치님을 올려다보며 생각했다.

"뭐, 중학생 때 배구를 시작하고 나서 그런 콤플렉스도 조금 없어지긴 했어."

그렇게 말하고 코치님은 밝게 웃었다.

사각, 엄마가 사과를 베어 먹었다.

"다음부턴 조심할게."

응? 아, 모델 같다는 말.

"네. 어……. 저기, 엄마는 불공평하다고 생각한 적 없어요?"

"불공평해? 뭐가?"

"뭐, 키나 얼굴 같은 거요."

"얼굴? 너, 무슨 그런 실례되는 소리를 해?"

엄마는 나를 흘겨보고 포크로 사과를 찍었다. 세 조

각째다.

"그런 적 없어요? 불공평하다고 느낀 적 없냐고요."

"왜 없었겠니. 당연히 있지."

그렇구나.

"엄만 말이야, 지금 너만 할 때 친구랑 학교에서 돌아오면서 길고양이를 데려온 적이 있었어. 아주 쪼끄만 고양이가 야옹야옹 울고 있었거든. 그 아이를 꼭 키우겠다고 마음먹고 집으로 데리고 갔는데 할머니가 안 된다고 하시지 뭐니. 그때 엄마는 회사에서 지어 준 사택에 살고 있었거든."

"고양이는 어떻게 됐어요?"

"같이 발견한 '후 짱'이 데려가서 키웠지."

"잘됐네요!"

별생각 없이 말했는데 엄마는 어깨를 움츠리며 한숨을 내쉬었다.

"어, 그럼 안 돼요?"

"아니, 후 짱네는 개 두 마리에 고양이가 세 마리나 있었단 말이야. 어휴, 얄밉잖아."

엄마 말투는 꼭 초등학생 같았다.

"그때 그런 생각이 들더라. 세상이 왜 이렇게 불공평할까……. 생각해 봐, 후 짱이 노력하거나 뭔가를 열심히 해서 반려동물을 몇 마리나 키웠겠냐고. 그냥 후 짱은 단독 주택에 살았고, 나는 사택에 살았던 것뿐이잖아."

그렇게 생각할 수도 있지만……. 엄마가 말하는 불공평과 내가 생각하는 불공평은 어딘지 다른 것 같다.

"그럼 지금이라도 고양이 키워요. 여기는 반려동물 키울 수 있잖아요."

"무슨 소리야. 그게 그렇게 간단한 일이 아니야. 한 생명을 기른다는 게 얼마나 힘든 일인지 알기나 해? 생명을 책임질 각오가 없으면 고양이든 뭐든 함부로 키우면 안 돼."

그건 저도 안다고요. 치, 초등학생 때 엄마도 그런 각

오 같은 거 없었으면서. 할머니가 딱 잘라 안 된다고 한 것도 그걸 꿰뚫어 봤으니까 그랬겠지. 분명 그럴 거다.

내가 눈을 치켜뜨고 보자 엄마는 "왜 그렇게 봐?" 하고 턱을 들었다.

다음 날, 교실에 들어가자 키라리가 책상에 우당탕 부딪치면서 뛰어왔다. 전혀 4학년 같지 않은 다부진 체격과 긴 다리를 감당하기에는 책상이든 교실이든 너무 작은 탓인지, 키라리는 늘 책상이며 의자에 다리를 부딪치곤 한다.

"고타, 이번 주 목요일에 시간 있어? 있지?"

무릎을 문지르면서 키라리가 물었다.

"목요일?"

"응, 그날 공휴일이잖아."

"왜? 아니 그보다 다리 괜찮아?"

"괜찮아, 이 정도는."

키라리는 참을성도 대단하다.

"그러니까 목요일에, 시간 되는 거지!"

"어어, 응."

평소처럼 밝은, 아니 어쩐지 더 들떠 있는 키라리를 보며 나는 비로소 마음이 놓였다. 사실 조금 전까지만 해도 걱정이 되었다. 어제 대놓고 예민한 티를 팍팍 낸 데다 인사도 없이 교실을 먼저 나섰으니까. 키라리는 그런 내 태도에 당황했을 거다.

"말 보러 가지 않을래? 진짜 말! 보고 싶지?"

"말? 목장에라도 가는 거야?"

내가 되묻자 키라리는 내 팔을 잡아끌고 복도로 나갔다.

"경마장."

"경마장…… 경마?"

쉿, 하고 재빨리 주위를 둘러보고 키라리는 고개를 끄덕였다.

"우리 같은 어린애들이 경마장에 가도 돼?"

"괜찮아. 우린 마권(경마에서 이길 것으로 예상되는 말에 돈을 걸고 사는 표. : 옮긴이) 같은 거 안 살 거니까."

"그럼 뭐 하러 가는데?"

"말했잖아. 말 보러 간다고."

키라리는 신이 나는지 눈빛을 반짝였지만, 나는 말이 그렇게 보고 싶나 싶었다. 사실 나는 말보다 고래상어가 더 보고 싶다.

"우리 삼촌이 아마추어 사진작가거든. 가끔 경마장에 말 사진을 찍으러 가는데, 나도 몇 번 따라간 적이 있어. 그런데 오랜만에 이번 주 목요일에 간다잖아. 당장 따라간다고 했지."

"그런데 나는 왜?"

어? 하고 키라리는 고개를 갸웃거리더니 금세 환하게 웃었다.

"당연하지, 재미있을 거니까."

당연하다, 재미있을 거다…….

"완전 멋있거든. 그래서."

그래서?

"너한테 보여 주고 싶어."

"……."

너무나도 시원시원하게 말하는 키라리를 보면서 나도 모르게 고개를 끄덕이고 말았다.

"야호! 그럼 약속한 거다. 삼촌이 차 가져간다고 했으니까, 열한 시에 데리러 갈게."

키라리는 그렇게 말한 뒤, "화장실 갔다 올게." 하며 오른손을 살짝 들어 보였다. 그러고는 다시 책상에 다리를 우당탕 부딪치면서 교실을 나갔다.

3 고민하는 키라리

이틀 후.

열한 시 조금 안 돼서 현관 벨이 울렸다.

“고타, 키라리 왔다.”

계단 밑에서 부르는 소리에 일 층으로 내려가자 현관 앞에서 키라리가 엄마와 이야기하고 있었다. 얼마 전까지만 해도 엄마가 키라리보다 아주 조금 더 컸는데 이제 보니 키라리가 엄마 키를 앞질렀다.

“고타!”

나를 보자마자 키라리가 반갑게 불렀다.

"안녀엉."

하품을 겨우 참으며 인사하자, 엄마가 등에 멘 가방을 탁 때리며 잔소리했다.

"얘가 아직도 잠이 덜 깼네! 아 참, 키라리네 삼촌 귀찮게 하면 안 돼."

"알았다고요."

내가 대꾸하자 키라리는 예의 바르게 "다녀오겠습니다." 하고 엄마에게 인사했다.

골목을 빠져나와 도로로 나오니, 겨자색 미니밴이 서 있었다.

키라리가 "삼촌." 하고 부르며 창문을 똑똑 두드리고는 뒷문을 열었다.

나는 차에 올라타며 인사했다.

"안녕하세요."

운전석에 앉은 삼촌도 돌아보며 인사를 건넸다.

"안녕."

키라리의 삼촌은 생각했던 것과는 많이 다른 모습이었다. 사진작가라는 말에 수염을 기르거나 모자를 눌러쓴, 거칠고 개성 강한 모습을 상상했는데 지금 눈앞의 삼촌은…… 뭐랄까, 평범하다.

멍하니 있는데 내 옆자리로 키라리도 올라탔다.

"얘들아, 안전띠 매. 그럼, 출발한다."

차가 달리기 시작하자 키라리가 앞 좌석 쪽으로 몸을 내밀고 물었다.

"삼촌, 그거 안 틀어?"

"응? 아, 듣고 싶어?"

"응, 들을래!"

"잠깐 기다려 봐."

신호 대기 중이던 삼촌이 카스테레오(자동차에 부착된 음향 재생 장치. : 옮긴이)를 조작했다.

곧이어 팡파르 같은 음악이 흘러나왔다.

보통 운동회나 여러 대회의 개회식 때 울려 퍼지는 곡이다. 무슨 곡일까.

키라리는 신이 나는지 옆에서 고개를 까딱거리면서 리듬을 탔다. 한 곡이 끝나자 이번에는 나도 아는 곡이 흘러나왔다.

“이거, 우리 할머니가 좋아하는 건데.”

“오, 고타. 할머니가 유민(일본의 유명 가요 〈중앙 프리웨이〉를 부른 가수의 애칭으로, 본명은 마쓰토야 유미이다. : 옮긴이)의 팬이신가 보구나.”

“아, 네. 아마 그럴걸요.”

키라리에게 한 말인데 삼촌이 반응을 보이자 괜히 가슴이 두근거렸다.

“이 곡 〈중앙 프리웨이〉 맞지? 봐 봐, 여기.”

내가 묻자 키라리는 대답 대신 “쉿!” 하고 입술에 손가락을 세웠다.

“가사 안에 ‘경마장’이라는 말이 들어 있어. 헤헤.”

BLUETOOTH Audio
00' 30" 中央フリーウェイ
荒井由実

내가 웃자 키라리도 히죽 웃었다.

"이 CD에 있는 거 전부 본경마장 입장곡이야. 삼촌이 직접 편집했어."

"본경마장……."

"말들이 경주하는 곳을 말하는 거야. 말이 본경마장에 들어올 때 틀어 주는 곡이지. 아, 지금 나오는 것도 입장곡이야."

이번에는 로큰롤풍의 곡이었다.

"이것도 들어본 것 같아!"

"〈더 파이널 카운트다운(The Final Countdown)〉(스웨덴 출신 하드 록 그룹 '유럽'의 인기 곡. : 옮긴이)이란 곡이야. 경마 입장곡으로는 아주 드문 하드 록이지."

"우아."

나는 삼촌을 향해 고개를 끄덕이고는 키라리에게 소곤소곤 속삭였다.

"삼촌은 맨날 이런 걸 들어?"

그러자 키라리는 어깨까지 들썩거리며 킥킥거렸다.

“뭐가 그렇게 우스워?”

삼촌이 룸 미러로 우리를 보았다.

“큭큭큭, 고타가 삼촌한테 오타쿠냐는데.”

“내가 언제 오타쿠라고 했냐! 맨날 이런 거 듣냐고 했지!”

당황해서 허둥지둥 말하자 삼촌이 웃음을 터뜨렸다.

“아, 웃어서 미안. 매일 듣고 싶긴 하지만 경마장에 가는 날에만 들어. 평소에 이런 걸 들으면 일이고 뭐고 다 땡땡이치고 경마장으로 달려가고 싶거든.”

그 기분, 왠지 알 것 같다.

나도 게임 곡을 듣고 있으면 게임을 하고 싶어지니까.

인간은 유혹에 약한 동물이다. 음, 그렇다.

“그럼 평소에는 말 말고 다른 것도 찍어요?”

“응?”

룸 미러 안에서 삼촌과 눈이 마주쳤다.

"사진작가라고……."

"아냐, 아냐, 난 공무원이야. 사진은 취미로 찍는 거고. 설마 내가 프로 사진작가인 줄 안 거니?"

어? 하고 옆을 보자 키라리가 어깨를 으쓱하며 말했다.

"아마추어 사진작가라고 했잖아."

그러고 보니 그렇게 들은 것 같기도 하다. 아마추어든 프로든 사진작가는 사진작가 아냐?

창밖을 내다보았다. 우리가 탄 차는 어느새 키 큰 빌딩들이 늘어선 거리로 접어들고 있었다. 도시 분위기가 물씬했다.

옆에서 키라리가 부스럭거리며 가방에서 잡지를 꺼냈다.

"오늘의 2레이스."

페이지를 넘기면서 중얼거렸다.

"2레이스?"

내가 묻자 차선을 바꾸던 삼촌이 앞을 보며 대답해 주었다.

"기배 기수의 복귀전이잖아. 이번에는 꼭 이세노스 크류가 우승하면 좋겠는데."

"우승할 거야! 꼭."

그치? 하고 키라리는 갑자기 나에게 물었다.

뭘 알아야 반응해 주지…….

대답을 못 하고 머뭇거리던 나는 다시 룸 미러로 삼촌과 눈이 마주쳤다.

"고타, 기수가 뭔지 아니?"

"어어……."

"경마에서 말을 타는 사람이야."

"아, 말을 타고 채찍을 휘두르면서 달리는 사람!"

"그래, 맞아."

삼촌은 웃으며 말했다.

"기베 기수는 작년에 경주하다가 말에서 떨어졌거든. 척추뼈가 부러졌어. 그래서 일 년 동안이나 시합에 못 나갔지."

"오늘 기베 선수의 복귀전이야. 그래서 꼭 응원하고 싶었어."

키라리는 흥분하면 말이 빨라진다.

"그렇구나. 그런데 너, 경마를 이렇게 좋아했었어? 나는 전혀 몰랐어."

내 말에 키라리는 코끝을 손가락으로 문질렀다.

"나, 사실은 기베 같은 기수가 되고 싶었어."

되고 싶었다고?

"도전하면 되지. 키라리 넌 운동 신경도 좋은데 무슨 걱정이야."

"될 수 없어."

될 수 없다니, 벌써 포기하는 거야? 해 보지도 않고? 물론 쉬운 길은 아니겠지만.

키라리가 이런 식으로 말하는 건 처음이다. 키라리는 언제나 적극적이고 열의가 넘쳐서 무슨 일을 해도 남보다 잘하는 애다.

키라리는 나와는 다르다. 선택받은 애다.

"키라리, 너답지 않다."

내가 말하자 키라리는 말없이 등을 돌려 창밖으로 눈길을 주었다.

이 반응은 뭐지? 왜 이러는 거냐고.

나도 등을 돌리고 창밖을 노려보았다.

CD에서 높은 음색의 트럼펫 소리가 흘러나왔다.

코인 주차장에 차를 댄 삼촌은 "조금 걸어야 돼." 하며 트렁크에서 카메라 가방을 꺼냈다.

큰길로 나와 조금 걷자 바로 앞에 수도 고속 도로가 모습을 드러냈다. 그 너머 하늘에 비행기가 날고 있었다.

수도 고속 도로의 고가 밑을 지나 다시 몇 분쯤 걸었을 때, 삼촌이 손으로 한쪽을 가리켰다.

"저기가 입구야."

"어?"

그저 넓기만 한 버스의 원형 교차로를 지나자마자 뜬금없이 옆으로 긴 건물이 나타났다. 꼭 옛날 전통 시장 같았다.

엄청 낡았잖아…….

하지만 안으로 들어가자 분위기가 확 달라졌다. 일단 엄청 넓었다. 깨끗하게 잘 정돈된 광장에는 조랑말 승마 체험 코너가 있었고, 말 인형 탈을 쓴 사람들도 보였다. 마치 놀이공원에 와 있는 듯했다. 이따금 확 풍기는 말 냄새만 팝콘과 추로스 냄새로 바뀐다면 정말로 놀이공원이라고 착각할 수도 있을 것 같았다.

"대단해."

무심코 내뱉자 삼촌이 빙긋 웃었다.

"경마가 없을 땐 이곳에서 다른 행사도 열려. 지역 축제나 바비큐 파티나 코미디 라이브 쇼 같은 것들 말이야. 아, 요샌 벼룩시장도 꽤 인기야. 그래도 이왕 왔으니까 이쪽 먼저 봐야지!"

삼촌은 하얀 건물 쪽으로 갔다. 건물 안에는 온갖 음식 코너들이 들어차 있었고, 사람들로 발 디딜 틈이 없었다. 많은 사람을 헤치며 계속 걸어가자 마침내 관객석이 보였다.

"우아!"

탄성이 절로 나왔다. 그러자 삼촌은 "대단하지?" 하며 의기양양하게 내 어깨를 툭 쳤다.

"여기가 본경마장이야. 말들이 경주를 펼치는 곳이지."

경마장은 상상했던 것보다 훨씬 넓고 컸다. 그리고 엄청, 엄청, 넓었다. 축구장이나 야구장도 크다고 생각했는데 거기에 비할 바가 아니었다.

삼촌은 오른손 바닥을 이마에 대고 경마장을 휘둘러 보았다.

정말 좋은가 보네. 그렇게 생각하며 옆을 보니, 키라리도 삼촌과 똑같은 표정으로 경마장을 바라보고 있었다.

"오옷, 슬슬 갈까."

삼촌은 손목시계를 들여다보고는 다시 건물 안으로 발걸음을 돌렸다.

여기에서 말을 보는 게 아니었어? 머뭇거리고 있는데, 키라리가 내 손을 잡아끌었다.

"빨리!"

"어디 가는 거야?"

"예시장."

키라리는 짧게 대답하더니 곧 잡았던 손을 놓았다.

예시장……. 또 처음 듣는 말이다. 하지만 이번에는 묻지 않았다.

건물을 나와 오른쪽으로 걸어가자, 눈앞에 타원형 코스가 보였다.

“그럼 나는 사진 좀 찍을 테니까 너희는 보고 싶은 거 봐라.”

“알았어, 삼촌. 많이 찍어!”

키라리가 힘차게 말했다. 삼촌도 “그래.” 하고는 계단에 가방을 내려놓고 카메라를 꺼냈다.

“가자.”

키라리는 나를 데리고 코스 쪽으로 성큼성큼 걸어갔다.

“이제 곧 나올 거야. 아, 저기!”

키라리가 가리킨 쪽을 보자, 위아래가 붙은 작업복 같은 옷을 입은 사람이 말고삐를 잡고 예시장으로 들어왔다.

“다음 경주에 나갈 말이야. 먼저 여기서 말 상태를 보여 주는 거야. 자, 앞으로 가 보자!”

키라리가 뛰기 시작했다. 사람들 틈을 비집고 맨 앞으로 나오자 고삐를 잡힌 갈색 말이 눈앞을 지나가고 있었다.

와아! 말은 생각했던 것보다 훨씬 컸다. 게다가 정말 멋졌다. 배도 엉덩이도, 온몸 구석구석이 탄탄했고, 전체적으로 매끄럽고 날렵해 보였다. 특히 앞다리와 연결된 어깨 부분은 엄청난 근육질이었다.

갈색 말 뒤로 조금 거리를 두고 검은 말과 희끄무레한 말(키라리가 '브로큰 코티드'라고 가르쳐 주었다.)이 잇따라 우리 앞을 지나갔다. 새침하게 또각또각 걷는 말도 있었고, 부르르 머리를 흔드는 말, 즐거운 듯이 따가닥따가닥 경쾌하게 걷는 말도 있었다. 그런 말들을 가까이서 보는 것만으로도 재미있었다.

생각해 보니 개보다 큰 동물을 이렇게 가까이에서 본 건 처음이었다. 물론 동물원에서 코끼리나 기린 같은 동물을 본 적은 있지만, 그런 동물들은 대부분 울타리 안에서 가만히 있거나, 너무 멀리 떨어져 있어 잘 보이지도 않았다.

"아, 이세노스크류다."

돌아보니 검은빛이 도는 갈색 말이 예시장 안으로 들어오고 있었다. 말 등에 걸쳐 있는 천에는 숫자 '7'이, 그 아래에는 '이세노스크류'라는 글자가 선명하게 쓰여 있었다.

아까 차 안에서 키라리가 말했던 바로 그 말이었다.

히이이잉! 말이 우렁차게 울었다.

문득 주위를 둘러보니 많은 사람들이 신문을 손에 들고 예시장 안의 말을 유심히 살피고 있었다.

"왜 사람들이 신문을 들고 있어?"

"경마 신문이야. 경주 시작 전에 여기서 말 상태를 살펴보면서 잘 달릴 말을 고르는 거래."

"그냥 보기만 해도 그런 걸 알아?"

내가 놀라서 묻자 키라리는 어깨를 으쓱하며 대답

했다.

"근육 상태는 어떤지, 땀은 얼마나 흘리는지, 얼마나 흥분하고 있는지, 그런 걸 보나 봐. 나는 잘 모르지만."

"아, 그렇구나. 그런데 있지, 나도 키라리 네가 말을 얼마나 좋아하는지 이제 조금 알 것 같아."

"어?"

"와, 말 정말 멋있더라."

키라리는 옅게 웃고는 난간에 몸을 기댔다.

"고타."

"왜?"

"경주는 더 멋져."

그렇게 말하며 키라리는 예시장을 또각또각 걷고 있는 이세노스크류에게 눈길을 돌렸다.

마침 삼촌이 카메라를 목에 걸고 이쪽으로 왔다. 우리 셋은 함께 본경마장으로 향했다.

"너희는 결승선 앞에서 보는 게 좋겠다. 나는 위에서 우승마를 맞혀 볼게."

삼촌은 관객석으로 향하는 계단을 턱으로 가리켰다.

"그럼 우리도 같이 가요."

내가 따라가려고 하자 삼촌은 웃으며 말했다.

"처음에는 현장감을 맛보는 게 좋아. 그렇지, 키라리?"

"삼촌 말이 맞아. 앞쪽으로 가자!"

키라리는 재빨리 앞장서서 걷기 시작했다. 나는 삼촌에게 고개를 까딱해 보이고 곧장 키라리를 쫓아갔다.

결승선 바로 앞에 이르자 말 몇 마리가 경쾌하게 따가닥따가닥 지나갔다.

"어, 벌써 시작한 거야?"

"이건 준비 운동 같은 거야. 말을 타는 기수, '자키'라고도 하는데, 기수는 말이 너무 흥분해 있으면 다독여서 안정시켜 주고, 반대로 의욕이 없어 보이면 기합을

넣어 주기도 해. 출전하기 전에 몸을 풀면서 말과 기수가 호흡을 맞추는 거야. 아, 이세노스크류다!"

고개를 들자 7번 번호표를 단 말이 달리고 있었다. 그럼 저 위에 탄 사람이 부상을 입었다던 그 기베 기수인가.

이세노스크류를 바라보는 키라리의 얼굴이 무척이나 진지했다. 배구 시합 때조차 본 적이 없는 표정이었다. 말을 응시하는 키라리 눈빛이 무서울 정도로 강렬했다.

말들이 하나둘 코스를 떠나고 얼마 지나지 않아, 거대한 전광판에 기수를 태운 말들이 입장하는 모습이 비쳤다.

팡파르가 울렸다.

뒤를 돌아보니 한산하던 관객석이 어느새 사람들로 가득 차 있었다.

전광판에는 말들이 잇따라 출발선 앞의 게이트에 들

어가는 장면이 비쳤다.

내가 달리는 것도 아닌데, 문득 긴장감이 몰려왔다.

“천천히 걸어와 저마다 출발 위치에 섰습니다.”

안내 방송에 귀 기울이던 관객들의 시선이 일제히 전광판에 비친 게이트에 쏠렸다.

“열네 마리가 일제히 출발했습니다.”

앗, 이렇게 갑자기!

전광판에 게이트를 박차고 출발한 열네 마리의 말이 비쳤다.

타타타탓 타타타탓.

점점 가까워지는 말발굽 소리에는 힘이 실려 있었다. 멀리서도 무게감이 느껴졌다.

열 마리쯤 되는 말이 옆으로 길게 줄을 지어 한 줄로 늘어선 모습으로 똑바로 달려왔다. 그 뒤의 거무스름한 말이 바깥쪽 코스를 타며 바짝 뒤를 쫓았다.

저거 혹시, 이세노스크류?

7
이세노스크류

기수가 채찍을 휘두르자 말이 내달렸다.

흥분에 찬 해설자의 목소리와 함께 관객석에서도 환호성이 터져 나왔다.

타타타탓, 타타타탓.

말들은 부드럽지만 거침없는 기세로 흙먼지를 일으키며 눈 깜짝할 사이에 눈앞을 지나갔다.

관객들의 함성이 터져 나왔다.

대단해…….

말이 달리는 모습이 이렇게 박력이 넘치는구나.

나는 완전히 압도당하고 말았다.

"해냈어, 이겼어."

중얼거리는 키라리 목소리에 퍼뜩 정신이 들었다.

"와아, 대단했어!"

"대박, 해냈어! 해냈다고!"

"응. 이세노 뭐라든가 하는 그 말 대단하더라!"

나도 신이 나서 거들자 키라리가 나에게 바짝 다가

왔다. 눈에는 눈물이 그렁그렁했다.

"내가 대단하다고 한 건, 기베 선수한테 한 말이야."

"어? 하지만 달린 건 말이잖아. 기수는 그냥 말을 타고만 있었고."

"아니야!"

깜짝 놀랐다. 언제나 상냥하고 너그러운 키라리가 이렇게 발끈하는 모습은 처음이다.

"아…… 미안."

키라리는 자신도 놀랐는지 어깨를 움츠렸다.

"하지만 기수는 대단한 사람들이야."

물론 기수가 하는 일 없이 앉아만 있는 것 같지는 않았다. 그래도…….

"타는 사람에 따라서 결과가 달라져?"

키라리는 크게 고개를 끄덕였다.

"경마는 말이 5, 사람이 5라는 말이 있어(우리나라에서는 경마를 흔히 '마칠인삼 馬七人三'의 경기라 불린다.

경마에서, 경기의 승부가 말의 능력 70퍼센트와 기수, 조교사 따위의 능력 30퍼센트로 결정됨을 이르는 말이다. : 옮긴이). 기수의 역할이 승부를 가를 정도로 중요하다는 거지. 너도 방금 봤지? 머리 하나, 손바닥 한 뼘 차이로 결과가 달라지거든. 0점 몇 초 사이에 말이야."

"0점 몇 초 사이에?"

키라리는 다시 한번 고개를 크게 끄덕였다.

"말들의 힘은 대개 비슷비슷해. 승패를 좌우하는 건 기수야. 말 타는 실력은 말할 것도 없고, 출발 타이밍을 잘 맞추고, 달리면서 위치도 잘 잡아야 해."

"와아, 너 어떻게 그렇게 자세히 알아?"

"아, 그냥."

키라리는 나를 보고 크게 한숨을 내쉬었다.

"고타, 난 네가 부럽다."

"뭐어?"

내가 부럽다고? 지금 장난해? 아니면 나를 무시

하나?

자존심 상하지만, 내가 키라리 너보다 나은 점은 하나도 없거든!

"뭐가!"

키라리를 노려보던 나는 문득 가슴이 뜨끔했다.

키라리는 장난을 하는 것도, 나를 무시하는 것도 아니다. 진지하다. 진심으로 말하고 있는 거다.

"부러워……."

키라리는 한 번 더 그렇게 말했다.

"뭐가? 왜?"

"나, 기수가 되고 싶었어. 어릴 때부터 쭉 꿈이었거든."

사실일 거다. 오늘의 키라리를 보면 알 수 있다. 학교에서의 키라리보다, 배구 클럽에서의 키라리보다 더 눈빛을 반짝이면서 즐겁게 떠들어 댔으니까.

"그럼 도전해 보면 되잖아. 기수가 되려면 어떻게 해

야 하는지 모르지만 너라면 꼭."

"틀렸어."

내 말을 자르고 키라리는 눈을 내리깔았다.

"왜? 아니 그보다, 내가 부럽다는 게 무슨 말이야? 나는 아무것도."

"키."

"키?"

"고타 넌 키도 작고, 몸도 호리호리하잖아."

작은 키와 마른 몸은 내 콤플렉스인데, 그런 소리를 대놓고 입에 담는다고? 조금이라도 크고 싶어서, 조금이라도 덩치를 키우고 싶어서 싫어하는 우유도 꾸역꾸역 마시고, 날마다 물구나무서기 기구에 매달려 왔다. 키는 밤에 잘 때 큰다는 말을 듣고부터는 늦어도 열 시에는 꼬박꼬박 잠자리에 든다.

그런데도 나는 여전히 키가 작다. 꼬꼬마다.

"그런 소리를 들어도 하나도 안 기뻐."

나직이 말하자 키라리는 한숨을 쉬었다.

"불공평해."

누가 할 소릴! 키라리는 키도 크고 팔다리도 길다. 근육질 몸에, 게다가 운동 신경도 뛰어나다.

우리가 배구 클럽에 찾아간 그날부터 감독님은 키라리에게 기대를 걸었다. 키라리에게만.

물론 키라리도 나름 노력은 할 거다. 연습도 빠진 적이 없다. 하지만 나는 연습이 있든 없든 매일 집에서 스스로 계획을 세워 훈련한다.

그런데도 선발 멤버는 언제나 키라리 차지였다.

나도 지금까지 계속, 계속, 계속 생각했다.

불공평하다고.

"네가 왜? 노력하지 않아도 키도 쑥쑥 크고, 배구 클럽에서도 선발 멤버인데."

발끈해서 말하는 내 앞에서 키라리는 입술을 깨물었다.

"나한테는 그런 거 아무 의미도 없어."

"아무 의미도 없다고?"

피가 거꾸로 솟는 것 같았다.

배부른 소리하고 있네!

"나는 배구 선수가 아니라 경마 기수를 하고 싶어. 그런데."

그렇게 말하며 내 눈을 바라보던 키라리는 슬며시 시선을 거두었다.

"체격이 작지 않으면 기수가 될 수 없어."

작지 않으면 될 수 없다고?

배구나 농구는 키가 클수록 유리하지만 작다고 해서 선수가 될 수 없는 건 아니다. 프로 레슬러나 미식축구 선수들은 하나같이 다부진 체격에 힘도 좋지만, 신체 조건에 못 미친다고 해서 그 길을 걷지 못하는 건 아닐 거다. 물론 뛰어난 선수가 되기는 어려울 수도 있다. 하지만 아예 선수조차 되지 못하는 건 아닐 거다.

체격이 단점이 될 수는 있을 거다. 하지만 단지 키가 크다는 이유만으로 발도 들여놓지 못하다니…….

"진짜야?"

키라리는 고개를 끄덕이고 가방에서 스마트폰을 꺼냈다.

"봐, 여기."

화면을 보니 기수의 신장과 체중이 적혀 있었다.

대부분 키는 160센티미터 전후에 체중은 50킬로그램 정도다.

그러고 보니 아까 말을 탄 사람들도 몸집이 엄청 작았다.

"기수를 양성하는 학교에 입학할 때도 체중은 44킬로부터 46.5킬로, 기준이 정해져 있어. 그 이상 넘치면 안 돼. 기수가 무거우면 말에 부담이 되니까."

그렇겠다…….

"나 지난번 신체검사에서 키는 158센티였고 몸무게

는…… 49킬로였어.”

역시 크다! 아니, 몸무게가 벌써 기준을 넘었다!

“살 빼려고 아침은 죽만 먹고, 급식도 더 먹지 않고, 저녁밥도 서른 번씩 씹어서 삼킨단 말이야.”

그런 건 신경 써 본 적 없는 나는 서른 번이라는 횟수가 많은 건지 적은 건지 가늠이 되지 않았다. 애초에 얼마나 씹느냐보다 먹는 양이 더 중요할 텐데.

아, 그래서 언제부턴가 나한테 우유를 떠밀었던 거구나.

나는 키라리의 얼굴을 보았다.

진심이다. 키라리는 진심으로 나를, 나의 체격을 부러워하고 있었다.

“고타, 너야말로 기수에 딱이야.”

…….

아, 안 돼. 입이 헤벌어질 것만 같다. 기수가 될 생각은 해 본 적 없는데도……. 설마 이런 게 남보다 낫다고 여기는 우월감이란 건가.

말도 안 돼, 내가 이런 우월감을 갖다니. 완전 역겹다. 나는 정말 쓰레기 같은 녀석이다.

"저번에 할머니한테 들었는데."

"무, 무슨 말?"

나는 애써 태연한 척하며 물었다.

"나는 180센티가 넘을 거래."

"그건 모, 모르지. 그래! 치이가 그러는데, 남자는 초등학교 때 많이 크면 중학교에 가선 거의 안 큰대."

"괜찮아, 그렇게 위로하지 않아도 돼."

미안, 이라고 하려다 서둘러 삼켰다.

"우리 집은 아빠도 엄마도, 할아버지도 할머니도 커. 친척들 다 키가 커."

키라리는 관객석 쪽으로 눈을 돌렸다.

"삼촌도 몸은 말랐지만 키는 크잖아."

우리 집과는 정반대다.

우리 집은 아빠 엄마 모두 키가 작다. 친척 중에서 170센티가 넘는 사람은 172센티인 히로토 삼촌뿐이다. 친척들이 모이면 언제나 고모들이 "히로토는 키가 크다니까."라고 한마디씩 던진다. 삼촌은 그 말을 듣고 씁쓸히 웃지만.

"키는 유전된다고 하던데."

내가 나직이 말하자 키라리도 힘없이 고개를 끄덕였다.

"내가 너였다면."

"그건 내가 할 말이라고."

우리는 서로 얼굴을 마주 보고 한숨을 푹 쉬었다. 그때 삼촌이 왔다.

"어, 둘 다 표정이 왜 그래?"

④ 불공평은 공평하다

"흐음."

삼촌은 나무젓가락을 짝 쪼개더니 튀김 소바를 후루룩후루룩 먹었다. 나와 키라리 앞에는 카레 덮밥이 놓여 있었다.

"하긴 키가 크고 작은 건 노력으로 어떻게 되는 건 아니지."

"에잇, 짜증 나. 세상은 눈곱만큼도 평등하지도 공평하지도 않다니까."

키라리가 투덜대며 카레 밥을 마구 입에 욱여넣자, 삼촌이 눈을 껌뻑거리며 말했다.

"당연하지."

엇? 숟가락질하던 나와 키라리의 손이 딱 멈췄다.

"뭐야 그 반응은? 나한테는 너희들이 그렇게 놀라는 게 오히려 의외인걸."

뭐가 우스운지 삼촌은 껄껄 웃었다.

"그래도." 하고 키라리가 나를 보았다. 나도 맞장구치듯 키라리를 보고 고개를 끄덕였다.

"너희들, 생각해 봐. 세상 어디에 똑같은 사람이 있어? 얼굴도 다 다르지? 또 부모님은 선택할 수 있니? 부잣집에 태어날지 가난한 집에 태어날지, 어떤 나라에 태어날지도 내가 고를 수 없잖아? 가족 구성원 같은 건 또 어떻고. 건강도 마찬가지야. 아무리 건강 관리를 잘 해도 큰 병에 걸리는 사람도 있어."

맞는 말이다.

お水

"하지만 한 가지 공평한 건 살아갈 권리야. 이건 공평하지 않으면 안 되지. 하지만 그걸 제외하면 인생은 대체로 불공평해. 나를 남과 비교하는 순간 모든 것이 불공평해지지. 비교를 해도 불공평하다는 생각이 안 든다면 그건 상대방보다 내가 더 나은 경우일 거야."

삼촌은 창밖으로 눈길을 돌렸다. 아까 말들을 구경한 예시장이 한눈에 보였다.

나와 키라리의 신체 조건이 뒤바뀌면 좋았을 텐데. 그럼 키라리는 꿈을 향해 나아갈 수 있을 테고, 나도…….

생각해 봐야 아무 소용 없다는 것쯤은 알고 있다.

"아 참, 공평한 거 하나 더 있다."

삼촌이 젓가락 끝으로 우리를 가리키며 말했다.

"그게 뭔데요?"

나와 키라리가 몸을 쑥 내밀자 삼촌은 씨익 웃었다.

"불공평은 누구에게나 공평하다는 거."

하아…… 하나도 위로 안 되거든요!

나와 키라리는 말없이 카레 덮밥을 먹었다.

점심을 먹고 삼촌은 다시 사진을 찍으러 가고, 우리는 경마장 안 이곳저곳을 돌아다녔다. 나는 말들과 경주를 더 보고 싶었다.

옆에서 나란히 걷고 있는 키라리를 곁눈질로 흘끔거렸다.

그렇게나 기수가 되고 싶나. 물론 나도 기수가 멋지다고는 생각하지만 기수가 되고 싶은 마음은 없다.

한참 걸어가자 이곳에 처음 도착했을 때 보았던 조랑말 승마 체험 광장이 나왔다. 크고 멋진 경주마와 달리 작달막한 조랑말은 꼭 어린아이 같았다. 같은 말인데도 전혀 다르다.

"조랑말은 경주마를 부러워하지 않을까?"

키라리가 조랑말을 보며 말했다. 조랑말은 네다섯

살짝 돼 보이는 여자아이를 태우고 울타리 안을 느릿느릿 걷고 있었다.

"그러게."

"내가 조랑말이라면 부러울 것 같은데. 경주마는 사람들 응원을 한 몸에 받으며 마음껏 달리잖아. 고타, 넌 어떻게 생각해?"

"으응."

나는 얼버무렸다. 조랑말이 아니라서 잘 모르겠다.

"조랑말도 말인데, 달리고 싶겠지. 하지만 자신을 경주마랑 비교하지는 않을 거 같은데."

"왜 그렇게 생각해?"

"조랑말은 경주를 못 봤을 테니까. 모르면 부럽다는 생각도 안 할 테니까."

"아, 그런가."

키라리는 고개를 끄덕였다.

"그럼 나도 경마를 안 봤으면 기수가 되고 싶은 생각

도 안 했겠네. 이게 다 삼촌 때문이야."

순간 키라리 얼굴이 조금은 부드러워진 것 같았다.

꿈을 꿀 수 있다는 건 행복한 걸까, 아니면 차라리 아무것도 모르는 게 더 행복한 걸까?

"고타 넌? 경마 보고 나서 기수가 되고 싶은 마음, 안 들었어?"

"안 들던데."

나는 얼른 고개를 휘휘 저었다.

"멋져 보이긴 하더라."

"아, 아깝다."

그런가? 나 같은 사람이 기수에 관심 없으면 아까운 건가.

아니…… 그렇지 않다.

내가 되고 싶은 건 기수가 아니다.

"키라리."

"응."

키라리가 대답했다.

“만약 내가 기수가 되고 싶다면, 넌 어떨 거 같냐?”

“어?”

“방금 네가 아깝다고 했잖아. 키도 작고 몸도 호리호리하니까 나는 기수에 어울린다고 말이야.”

키라리는 말없이 난간을 꽉 잡았다.

“내가 앞으로 기수가 된다면?”

“부럽겠지 아마. 샘이 날지도 모르고. 미안, 네가 얄미운 짓을 한 게 아니란 것도 다 아는데.”

어깨를 움츠리는 키라리의 팔을 툭 치면서 말했다.

“당연하지.”

“어?”

“나도 아마 그럴 거야. 노력해도 손에 닿지 않는 걸 누군가 쉽게 얻는 걸 보면, 괜히 샘나고 부러울 것 같거든. 나만 그런 게 아니라 다들 얄밉다고 생각하지 않을까?”

나는 "흐읍." 하고 숨을 들이마셨다.

"하고 싶은 일이 조건이나 적성과 딱 맞아떨어진다면, 그건 정말 기적이 아닐까?"

"기적?"

되묻는 키라리에게 "응." 하며 고개를 끄덕였다.

"나한테도 키라리 너한테도 아직은 기적이 일어날 것 같지는 않지? 그건 확실해. 그래서 아깝지 않아."

"뭐?"

"기수를 꿈꾸지 않아도 아깝다는 생각은 안 든다고. 기수는 네 꿈이지 내 꿈이 아니잖아."

숨을 한번 크게 들이마시고 하늘을 올려다보았다.

구름이 엷게 내려앉은 회색 하늘을 비행기가 가로지르며 날고 있었다.

우리는 남을 부러워하기도 하고 때로는 질투심에 휩싸이기도 한다. 괴로울 때도 있고, 우월감에 젖을 때도 있을 거다.

우리는 로봇이 아니니까.

저마다 다 다르니까.

똑같은 사람은 하나도 없으니까.

아무리 발버둥 쳐도 키라리는 기수가 될 수 없을 거다. 출발선 앞에도 설 수 없을 거다. 나 역시 작은 키 때문에 영원히 맨 앞에 서서, 남들처럼 '앞으로나란히'를 하지 못하고 허리에 손만 짚어야 할지도 모른다.

이 세상은 불공평하지 않은 게 없다.

하지만 세상이 아무리 불공평해도 나는 오늘도 내일도 우유를 마실 거고, 물구나무서기 기구에 매달릴 거다. 더 높이 뛰어오르기 위해 남몰래 점프 연습도 할 거다.

기적은 그렇게 쉽게 일어나지 않는다. 기적이 찾아오길 하염없이 기다리는 건 싫다. 나는 지금 내가 할 수 있는 일을 하면 되는 거다.

나는 쉽게 포기하지 않는 사람이니까.

"너 그거 알아? 내가 너보다 훨씬 오래전부터 불공평이랑 친했다는 거."

"뭐어?"

키라리가 나를 빤히 보았다.

"고타 너 의외로."

응? 하고 고개를 돌리자 키라리가 킥킥 웃었다.

"아무것도 아냐."

"뭔데. 말해 봐. 야, 말해 보라고!"

내가 다그치자 키라리는 계속 키득거리면서 예시장 쪽으로 뛰어갔다. 긴 팔다리를 휘두르며 시원시원하게 달리는 키라리가 꼭 경주마처럼 보였다. 그리고 나는 조랑말.

역시 불공평해. 키라리를 쫓아가며 생각했다.

키라리에게도, 나에게도…….

"불공평은 공평해."

나는 땅을 박차고 힘껏 뛰었다.

옮긴이의 말

"엘리자가 말했어요. 세상은 생각대로 되지 않는다고.
하지만 생각대로 되지 않는다는 건 정말 멋진 것 같아요.
생각지도 못했던 일이 일어날 수 있으니까요."

_〈빨간 머리 앤〉(루시 모드 몽고메리 글) 중에서

사람은 모두 조금씩 다릅니다. 얼굴도 체격도 관심사도 그리고 타고난 재능까지 모든 면에서요. 그래서 우리는 종종 남들과 나를 비교하며 세상은 불공평하다고 불만을 터뜨리곤 하지요. 같은 길을 걷는데 어떤 사람은 저만치 앞에서 출발한다면 누구라도 불만이 생기고 화가 나지 않겠어요?

《너에게도 나에게도 세상은 불공평해》의 주인공 고타도 마찬가지입니다. 배구를 좋아하지만 키가 작은 고타는 키가 크고 운동 신경도 좋은 친구 키라리를 보면서 남몰래 억울해하고, 심지어 질투까지 하지요. 아무리 발버둥 치고 노력해도 타고난 키를 바꿀 수는 없으니까요. 하지만 고타는 키라리의 고민을 알게 된 뒤부터 생각이 조금씩 바뀌기 시작합니다. 키라리는 배구 대신 말 타는 데 관심이 많지만, 큰 키 때문에 그 꿈에서 멀어지고 있었으니까요. 고타는 키라리가 자신과 같은 길을 걷고 있다고 생각했지만, 사실 둘의 길은 전혀 달랐던 거예요.

키라리가 고타처럼 배구에 뜻이 있었다 해도 둘이 걷는 길은 같지 않았을 거예요. 키라리는 '키가 크고 재능 있는 사람'으로서 배구의 길을 걸을 테고, 반면 고타는 '키가 작은 사람'으로서 배구를 하며 자신만의 경험과 깨달음을 얻었을 테니까요. 보리차를 맛있게 끓일 줄 아는 보건 선생님처럼 말이에요. 키라리는 이런 고타의 길을 제대로 이해할 수도, 함께 그 길을 걸을 수도 없었을 거예요.

어쩌면 우리의 삶은 하나의 트랙에서 남들과 달리기 시합을 하는 것이 아니라, 자신만의 이야기가 담긴 오솔길을 찾아내고 꾸미는 것에 가까울지도 모르겠어요. 그렇다면 신체 조건이나 집안 환경, 태어난 나라와 같은 겉으로 드러나는 조건들은 내가 나아갈 길을, 나만의 이야기를 만드는 재료가 되겠지요. 남들보다 작거나 큰 키, 나쁜 시력조차도 말이에요.

나에게 주어진 조건들을 남들과 굳이 비교하며 우열을 가릴 필요는 없어요. 어쩌면 고타는 언젠가 그 작은 키 덕분에 생각지도 못한 새로운 길을 만들어 갈지도 모릅니다. 혹시 알아요? 키 작은 사람만이 할 수 있는 독창적인 배구 기술을 개발할지도요.

우리는 앞으로 긴 날들을 살아가며 지금껏 경험해 보지 못한 다채로운 순간들을 마주할 거예요. 아름답게 빛나는 순간들만 마주치진 않겠지요. 오직 나 자신만이 밝힐 수 있는 어둠의 순간도 맞닥뜨리게 될 거예요. 그럴 때 자신 있게 성큼성큼 나아가기 위한 첫 번째 열쇠는 자신을 남과 비교하기보다 나 자신을 있는 그대로 받아들이고 소중히 아껴주는 것이 아닐까요.

고향옥

牛乳
おいしい!